「りゅうぐうじょう」では、乙ひめさまに　こくはくされて　モテモテの　ゾロリ。

ところが、ここで　くらすには、えらこきゅうの　しゅじゅつが　ひつようだと　しって、あわてて　せんすいていで　にげだす　ことに　した。

もちろん、おいしい「しあわせたまてばこ」の　あじが　わすれられず、ここの　たまてばこも　ひとつ　いただいていく。

深海魚に　おわれた　せんすいていは、目の　まえの　がけへ　げきとつ。これを　みて、乙ひめさまは　三にんが　しんでしまったと　おもい、ゾロリへの　こいを　あきらめて　しまう。

しかし、ゾロリたちは、がけの　うちがわの　くうどうへ　にげこんで、いのちびろい　していたのだった。

さあ、ここから、ゾロリたちの「ちていたんけん」が　はじまります。

かいけつゾロリの ちていたんけん

さく・え　原 ゆたか

こわれた　せんすいていから
だっしゅつした　ゾロリたちは、
なんとか　ちていの　ひろい
どうくつに　でました。

そこから　上を
みあげると――。

はるか　とおくに、ぼんやりと光が　みえます。

あれが、地上への出口に　ちがい　ありません。

しかし、そこに　たどりつくには、けわしい　がけが　そびえたっています。

三にんは、もうすこし　らくに　のぼれる　ルートが　ないか、さがしてみる　ことに　しました。

ゾロリは、どうくつの　おくを　しらべに　いきましたが、イシシと　ノシシは、

イシシ、いままで　こんなちてい　ふかくにきた　ひとなんて、いるだかね？
ぜったい、おらたちがはじめてだよ。よし、きねんにしょうこをのこしておくだ。
そう　はなしあって——

わざわざ、せんすいていから　こわれた
ぶひんを　とってくると、
つみあげた　いわと
くみあわせて、
こんな　オブジェを
つくりあげました。

ああ。あとから　きた
たんけんたいは、これを　みて、
きっと　さきを　こされたって、
くやしがるだね。

ふたりが、オブジェの
できあがりに　まんぞくしていると、
「おーい。ちょっと、これを　みてみろ。」
ゾロリの　はずんだ　声が　きこえてきました。
イシシと　ノシシは、なにごとかと
みに　いってみました。
すると――。

いわの　よこあなに、いろいろな　ほうせきが
光(ひか)りかがやいていたのです。

「おい、もっと　おくにも　あるぜ。おまえたち、
ひとつのこらず　とりながら、おれさまの
あとを　ついてこい。」

ゾロリ(ぞろり)は、あつめた
ほうせきを
マント(まんと)に
つつみつつ、

よこあなの
おくへと
すすんで
いきました。

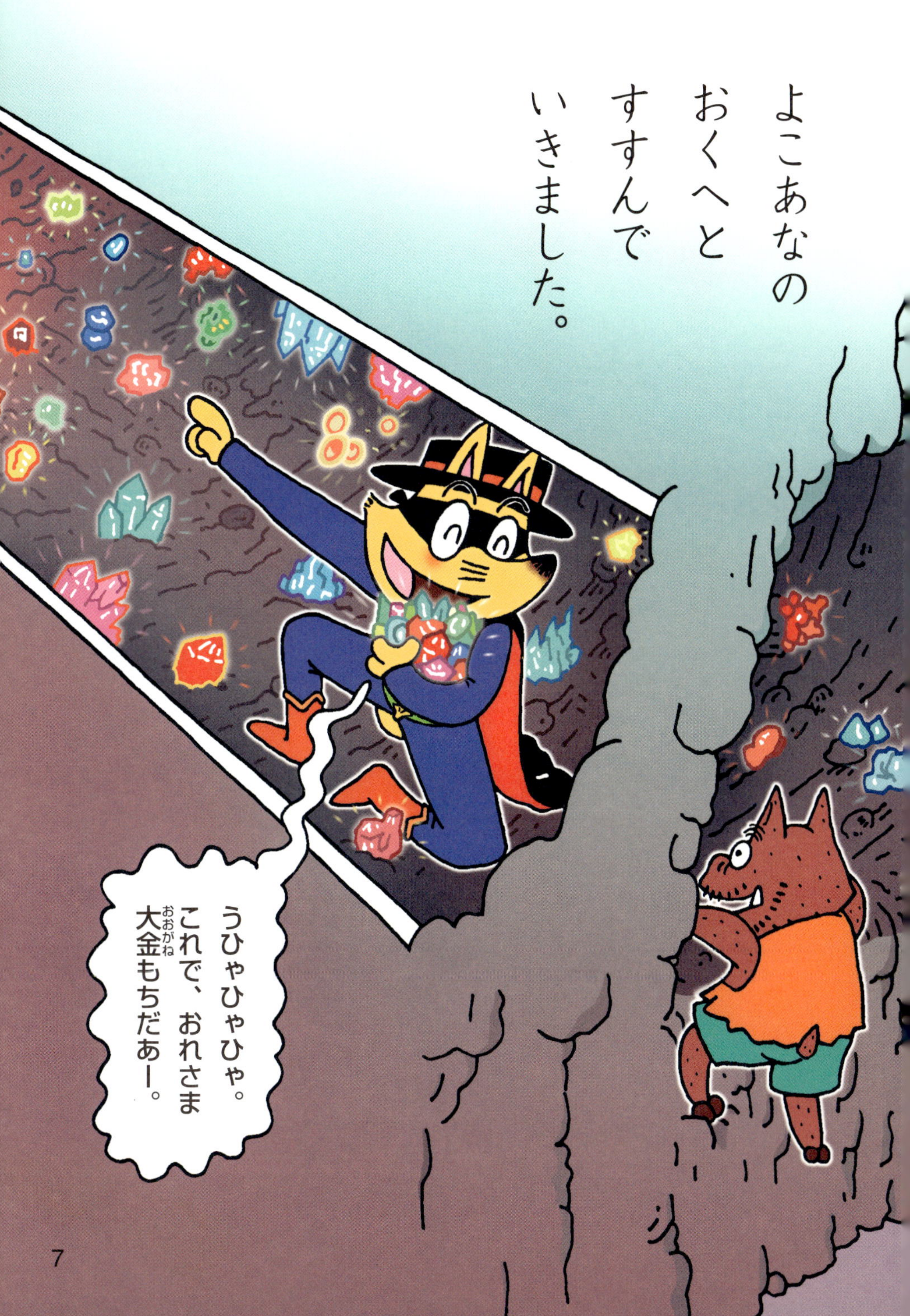

うひゃひゃひゃ。これで、おれさま大金もちだあー。

あせだくで　あつめていると、
あっと　いうまに、マントは
ほうせきで　いっぱいに
なりました。
ゾロリは、それを　首に
くくりつけ、もっと　おくの、
まっ赤に　光りかがやく
ばしょを　ゆびさします。

よくばり　ゾロリは、さらに
テンションが　あがって、ふきだす
あせを　ぬぐいながら、その
光へ　とびこんで　いきました。

すると、
ゾロリが、とつぜん
すがたを　けしたのです。
イシシと　ノシシが
あわてて　かけつけると、

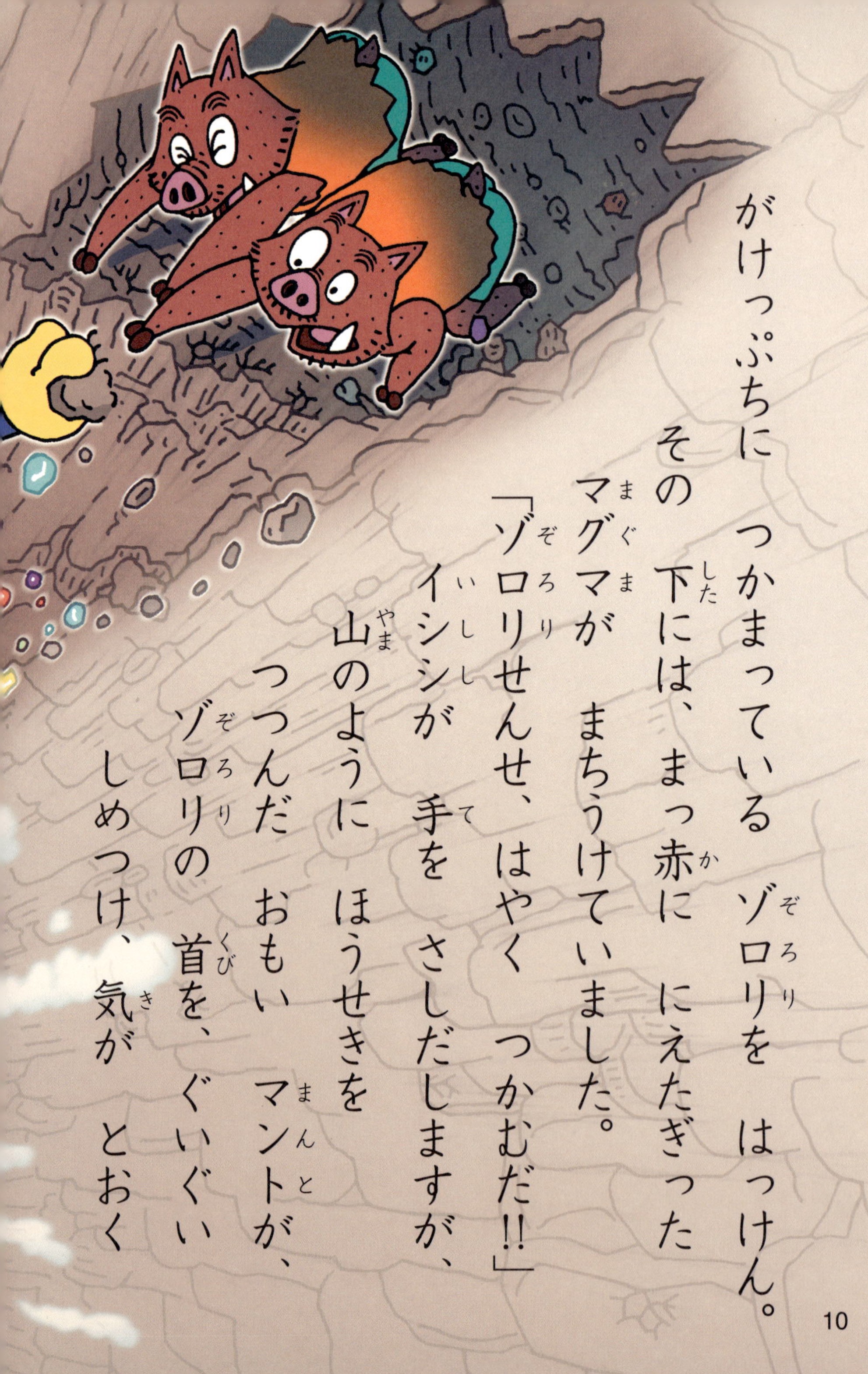

がけっぷちに　つかまっている　ゾロリを　はっけん。
その　下には、まっ赤に　にえたぎった
マグマが　まちうけていました。
「ゾロリせんせ、はやく　つかむだ!!」
イシシが　手を　さしだしますが、
山のように　ほうせきを
つつんだ　おもい　マントが、
ゾロリの　首を、ぐいぐい
しめつけ、気が　とおく

なりそうです。
「ゾロリせんせ、
ほうせきは
あきらめるだ。マグマの
中へ　おちたら、たすからないだぁー。」
ノシシの　ひつうな　さけび声に、ゾロリは　さいごの
力を　ふりしぼり、
マントの　ひもを
なくなく　ほどきました。

ききいっぱつ!!
イシシと　ノシシは、ゾロリの　手を
つかみ、ひっぱりあげました。

しかし、
マントは、かがやく
ほうせきと　ともに、

あっと　いう　まに
まっ赤な　マグマの　海へと
きえていきます。
がっかり　する　まも　なく、
ゾロリたちは、下の　マグマからの
ねっぷうで　やけこげそうです。
「アチ、アチ、アチチー。」
三にんは　いのちからがら、もと　いた
どうくつの　ひろばへ　にげかえりました。

この　いわを
はさんだ　むこうがわは、

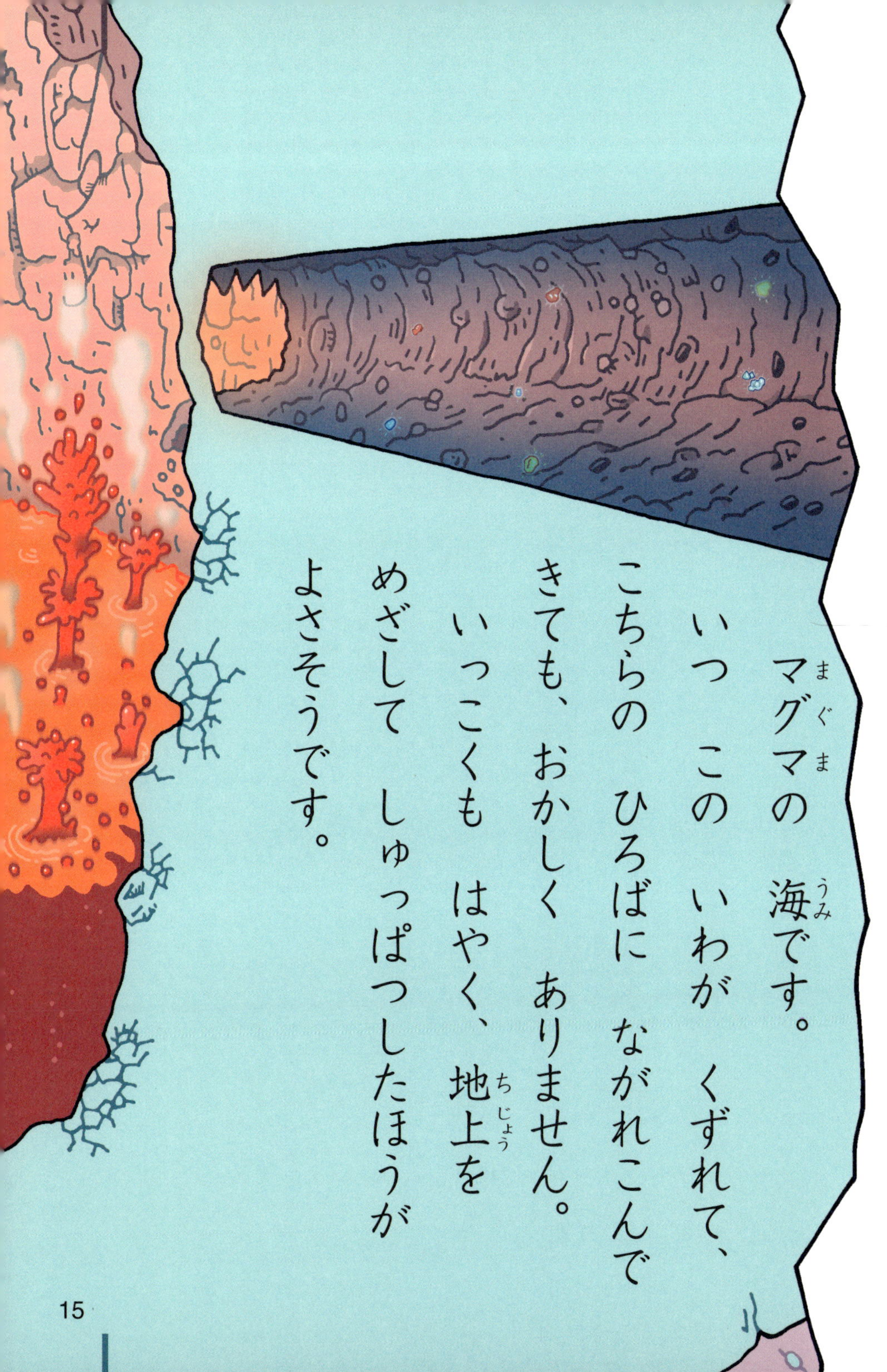

マグマの　海です。
いつ　この　いわが　くずれて、
こちらの　ひろばに　ながれこんで
きても、おかしく　ありません。
いっこくも　はやく、地上を
めざして　しゅっぱつしたほうが
よさそうです。

①さっそく　ゾロリたちは、力を　あわせて、いわを のぼりはじめました。

②よじのぼり、

③とびおりたり、

④しがみ ついたり、

どうくつの ひろば

イシシと　ノシシが つくった オブジェ

マグマへの　よこあな

マグマの　かつどうが はげしくなり すこしずつ 上へ　あがって きているようです。

ちていからのたびなので、下の①から 上に、すうじのじゅんばんによんでいってね。
ガラガラガラガラ
⑤せまいところもなんのその、
⑥がけのふちをあるいたり、
⑦ころがりおちたり、
⑧はいあがったり。
⑨ここまで のぼってきた三にんは、へとへとです。おなかも ペコペコでした。そんな とき、たどりついたばしょは――

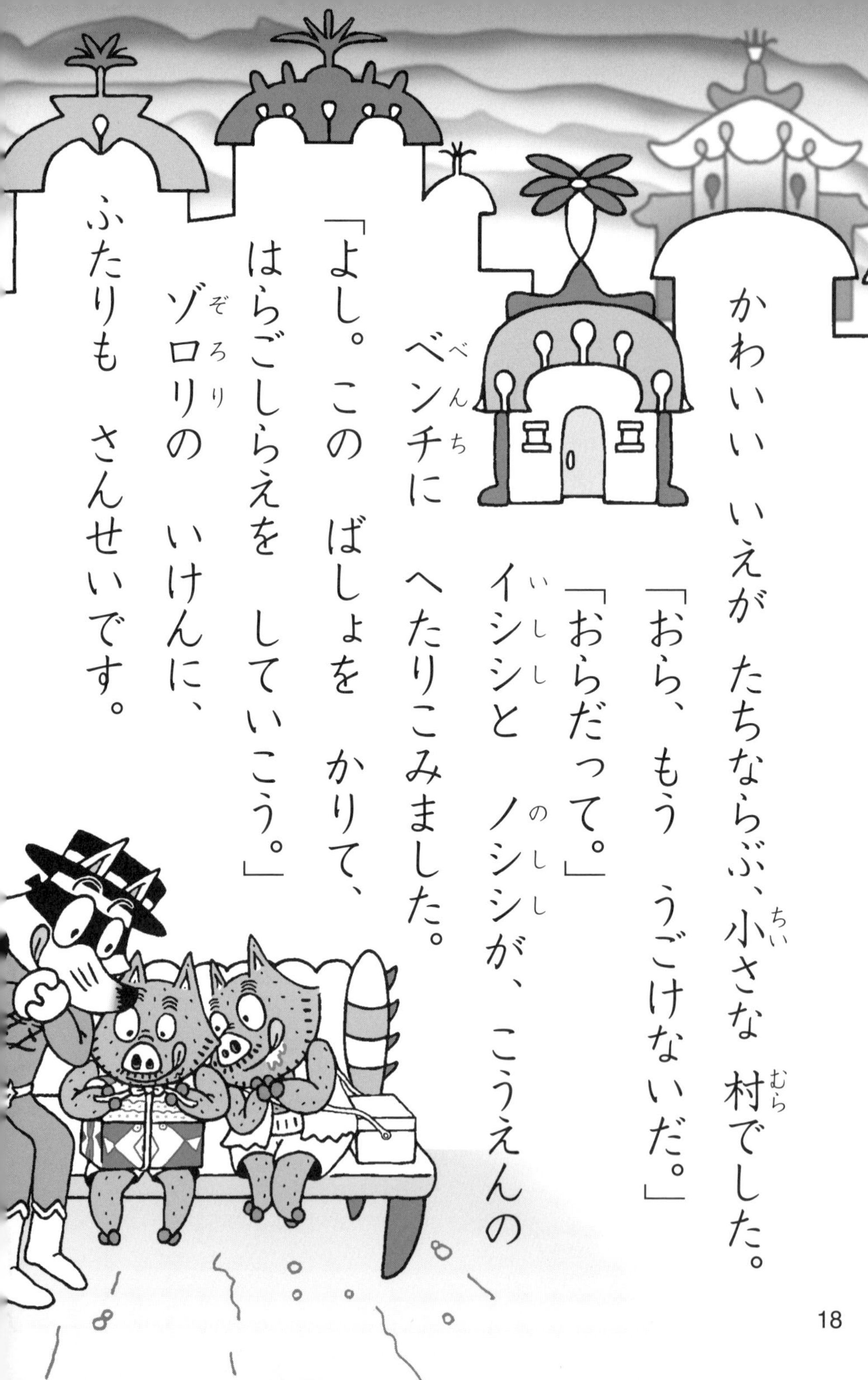

かわいい　いえが　たちならぶ、小さな　村でした。
「おら、もう　うごけないだ。」
「おらだって。」
イシシと　ノシシが、こうえんの
ベンチに　へたりこみました。
「よし。この　ばしょを　かりて、
はらごしらえを　していこう。」
ゾロリの　いけんに、
ふたりも　さんせいです。

さっそく　イシシが、りゅうぐうじょうから
もってきた　たまてばこを、ひざの　上に　のせました。
三にんは　それを　みつめ、
ごくりと　つばを　のみこみます。
というのも、この　中には、「しあわせたまてばこ」
と　いう、ありとあらゆる　おいしい
ものが　はいった　おべんとうが
つまっているはずだからです。
イシシが、その　ふたを
あけようと　した　そのとき——。

タタタタタタタタタ

小さな　ちていい人
たちが、おびえた　かおで、
ゾロリたちの　足もとを
かけぬけて　いきます。
そして、　そのまま
それぞれの
いえへ　かけこむと、

ガチャリ

ドアを　かたく
とざしてしまいました。
なにごとでしょう？
ゾロリたちは、

おそるおそる
ちてい人たちが
にげてきたほうに
かおを　むけました。
なんと――

あたりの　いわを　ぶちこわし
ながら、大男が　こちらに
むかって　くるでは　ありませんか。
ゾロリたちも、のんびり　ベンチに
すわっている　ばあいでは　ありません。

ゾロリが、村を　みまわすと、ひときわ
大きな　たてものが
目に　はいりました。

うんよく　とびらが　あいていて、
中(なか)に　かくれる　ことが　できそうです。
ゾロリ(ぞろり)たちは、いそいで　その
たてものに　とびこんで、とびらを
しめると、いきを　ころして、

らんぼうものの
大男(おおおとこ)が
とおりすぎるのを、
まつ　ことに　しました。

ところが、
とびらを　あけて、大男が
はいってきたでは　ありませんか。
この　たてものは、しょくりょう
そうこらしく、おなかを
すかせた　大男の
もくてきは、
さいしょから
ここだった
ようです。

大男は、
そうこの　まん中に
どっかりと　すわりこみ、
手あたりしだいに　やさいや
こくもつを　たべはじめました。
とびらは　あけっぱなし。にげるなら、
いまです。

さいわい、入り口ちかくに　いたゾロリたちが、こっそりだっしゅつしようとした　とき、

イシシが　なにかにつまずき、ころんでしまいました。ふりむいた　大男は、すばやくイシシに　手を　のばしてきます。

「まずいぜ!!」

ゾロリは、とっさに　イシシの　首ねっこをつかむと、三にん　そろって、そとへ　とびだしました。

すると——。

この　ようすを　うかがっていた
ちてい人たちが、いっせいに　とびだしてきて、
そうこの　とびらを　しめてくれたのです。
ちてい人の　村長が、
あたまを　さげました。

あの　大男には、手を　やいていたんです。
ひとまず　とじこめる　ことが　できました。
どなたか　わかりませんが、
ありがとうございます。

おれさま、ゾロリ。たびの　とちゅうで、
ちょっと　ひとやすみ　させてもらおうと
たちよってみたのさ。
なあ、イシシ、ノシシ。

ゾロリが　ふりかえると、
そこには　イシシが　いません。
ノシシの　よこに　あるのは、
いもの　はいった　ふくろだけ。
「ちょ、ちょ、ちょっと　まってくれよ。
おれさまが　たすけだしたのは……。」

そうです。ゾロリが　イシシだと　おもって
だっしゅつさせたのは、この
いもの　ふくろだったのです。
ゾロリが　あたまを　かかえた　とき、

ああ〜。

わー、たべないでほしいだぁ。
おねがい、ゆるしてー。

おびえた　イシシの
声が、そうこから　きこえてきました。
ゾロリは、いそいで　とびらを　あけようと
しましたが、ちてい人に　とめられて

しまいました。
かれらは、大男の
おそろしさに　おびえているのです。
そんな　とき、そうこの　中から
なにかが　はじける　音が　して、そのあと
なにも　きこえなくなってしまいました。
ゾロリは、もう　いても　たっても　いられません。
ちてい人たちを　ふりはらうと、
いきおいよく　とびらを　あけました。

と　そこには、きゅうに　としを　とり、かみも　ひげも　まっ白に　なった　大男が　いたのです。

大男は、ふたの　あいた　たまてばこから　たちのぼる　けむりを、うっすらと　まとっています。

「と　いう　ことは……。」

なんと、あの　たまてばこは、おべんとうなんかでは　なく、うらしまたろうが　あけたと　いう、ほんものの　たまてばこだったようです。

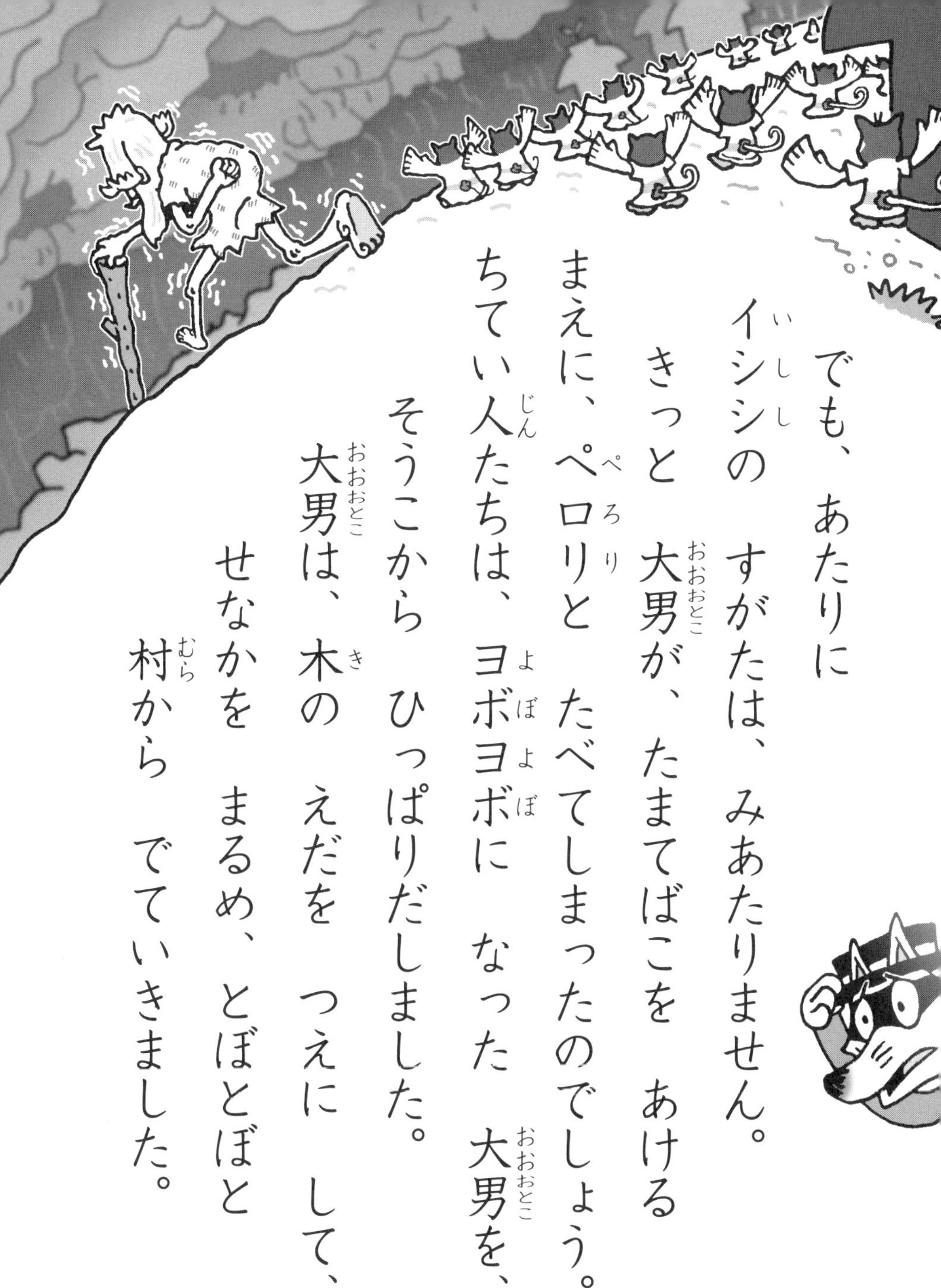

でも、あたりに
イシシの　すがたは、みあたりません。
きっと　大男が、たまてばこを　あける
まえに、ペロリと　たべてしまったのでしょう。
ちてい人たちは、ヨボヨボに　なった　大男を、
そうこから　ひっぱりだしました。
大男は、木の　えだを　つえに　して、
せなかを　まるめ、とぼとぼと
村から　でていきました。

ワーと、大かんせいを　あげて、
ちてい人は　大よろこび。
もう　にどと、あの
らんぼうものの　大男に、
村を　あらされなくて　すむのです。
ゾロリたちは、この　村の　えいゆうです。
ちてい人たちは、そうこから　とびきりの
ざいりょうを　はこびだし、村いちばんの
ごちそうを、みんなで　心を　こめて　つくると、

ふたりに　ふるまいました。
おいしい　においに　つつまれた
ゾロリと　ノシシですが、イシシを
なくした　かなしみで
なみだが　とまらず、
しょくよくなど
でる　はずも
ありません。
　そこへ、

ゾロリせんせ、ノシシ、おらが　ねてる　まに、こっそり　ごちそう　たべてるだ　なんて、ずるいだよ。

きこえてきたのは、イシシの声でした。

えっ。

ゾロリとノシシがふりかえると、
ちかくの　かぼちゃの　ふくろの中から、ねぼけがおの　イシシがあらわれたのです。

ワーッ。イシシーッ。

ゾロリとノシシは、イシシにだきつきました。

ふたりとも、どうしただ？

おまえが、そうこの　中で、「たべないでほしいだぁ」って　いったまま　いなくなったから、大男にたべられちまったと　おもってたのさ。

あれは、たまてばこの
おべんとうを　大男に
うばわれたから、
おもわず、

たべないで
ほしいだぁ。

って、おねがいしただよ。
その　あと、こわくなって、
ちかくの　ふくろに　かくれただ。
気が　ついたら、ここに　いただよ。

ガツガツ
パクパク
ガブガブ
ゴクゴク

イシシが　ぶじだと
わかったとたん、
ゾロリと　ノシシも、
きゅうに　おなかが
すいてきました。
三にんは、
ごちそうを
たらふく　たべて、
のんで　うたって
おどって、ちてい人
たちと　よろこび
あいました。

そのご――。

ぐっすり　ねむった
ゾロリたちは、元気いっぱいです。
ふたたび　地上を　めざし、たびだつ　ことを
ちてい人たちに　つたえると、村長が　いいました。
「村を　すくってくれた　おれいに、なにか
さしあげたいのですが。」

あっ。それなら、おら、「つづら」が　ほしいだ。

すぐに　イシシが
こたえました。

「でしたら、いまは『小さな つづら』が おすすめです。」

村長が いったので、ゾロリは イシシと ノシシを よびよせて、きんきゅうかいぎです。

「やっぱり、『小さな　つづら』を　すすめてきたぜ。『大きな　つづら』を　もっていかれるのがおしいんだな。でも、おれさまたちは、ほんとうの　ことを　しってるから、だまされないもんねー。ニヒニヒ。」

三にんは、ここへ くる
まえに ようかい学校の
先生に、「つづら」の 中みを
おしえてもらった ことを
しっかり おぼえていました。

「つづら」の 中みが どちらも おたからなら、
「大きな つづら」を もらっていかなきゃ 大ぞんです。
「なにが なんでも『大きな つづら』ちょうだい!!」
ゾロリたちは いいはります。
「わかりました。あなたがたが そこまで
おっしゃるのなら、どうぞ おもちください。でも、

『大きな　つづら』を　もって　たびを　するのは、たいへんです。みちあんないも　かねて、地上ちかくまで、わたしどもの　なかまに　はこばせましょう。」

それは　ありがたい。せっかくついてくるのなら、地上もみていくと　いいぜ。じつは、おれさま、ここより　もっとふかい　地下で、大ばくはつしそうな　マグマを　みちまったんだ。わるい　ことは　いわない。こんなふあんていで　じめじめした　地下に

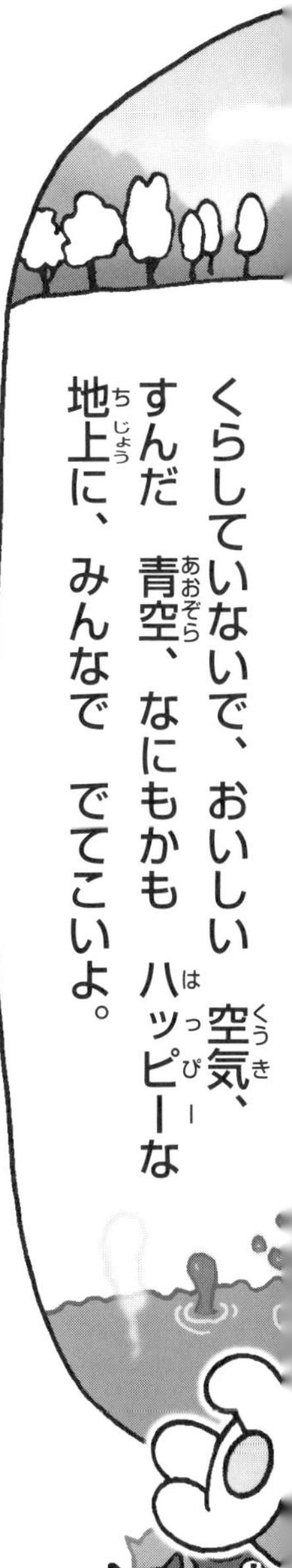

くらしていないで、おいしい空気、
すんだ　青空、なにもかも　ハッピーな
地上に、みんなで　でてこいよ。

「地上には、そんなに　すみやすい
ところが　あるんですね。いちど、かれらに
みてきてもらい、かんがえてみましょう。」
という　ことで、村長が　えらんだ、ちてい人の
元気な　わかもの　十にんが、「大きな　つづら」を
はこぶため、ゾロリたちの　おともを
する　ことに　なりました。

ちてい人に　とって、この
あたりは、にわのような　もの。
ゾロリたちだけで、さぐり
さぐり　のぼっていく　たび
より、ちゃくじつに　地上へと
ちかづいている　気が　します。

またまた パノラマです。16、17ページのように、下から 上へと よんでね。
地下の 水たまりは、海で カメに もらった クラゲヘルメットを かぶって もぐりました。
石炭
むかしの しょくぶつが 地下に うずもれて、ねつと あつりょくで ながい じかんを かけて すみに なった もの。

土を ほり
すすんで
いくうちに、
ちていじんたちが
ざわついてきました。
どうも ようすが
へんです。
なんと——。

ゾロリたちは、ヒアリの
すあなに　まよいこんで
しまったようです。
ヒアリだって!!　さされたら、
しんでしまう　ことも　あるって
きいたぜ。はやいとこ、
とおりぬけちまおう。
もう　手おくれです。
ちていい人の　いうとおり、すっかり
ヒアリに　とりかこまれていました。
こんな　ところに　すあなが
あったなんて!!　ぼくたち、もう
どうしようも　ありません。

えーー
ど、どうしようも
ないのー。
ゾロリは、オタオタ するばかり。
その
あいだにも、
ヒアリの たいぐんが せまってきます。
ザワザワザワ
さらに、「ワーーッ」、
ちてい人が、ゾロリたちを そこに
のこしたまま、しほうはっぽうに
ちっていってしまいました。
ひょえーー
おいて
いかないでー。
ゾロリが ひめいを
あげた ときです——。

ちてい人たちは、ふたまたに　わかれた
ながい　したを　のばして、ペロリ　ペロリと
ヒアリを　たべはじめたでは　ありませんか。
ゾロリたちが、あっけにとられるなか、
十にんの　ちてい人は、あっと　いう　まに　ヒアリの
たいぐんを　たいらげて　もどってきました。
「へへへ。おぎょうぎが　わるくて、すみません。
　われわれの　大こうぶつでして。
　ヒアリを　みると、ほんのうで

どうしようもなく、たべたくなっちゃうんですよ。」

「どうしようもないって、そういういみだったのか。」

ゾロリたちは、しょうげきをうけるとどうじに、ヒアリに　おそわれずにすんで、ほっと　したのです。

こうして　ぶじ、ヒアリの　すあなをくぐりぬけて　たどりついた　ところは――

いちめん、きょうりゅうの ほねに
うめつくされていました。
おくには、いけが ひろがり、
すいちょくに きりたった
がけが みえています。
きょうりゅうに
くわしい、ちてい人の
ポロンの せつめいを
ききながら、ほねの

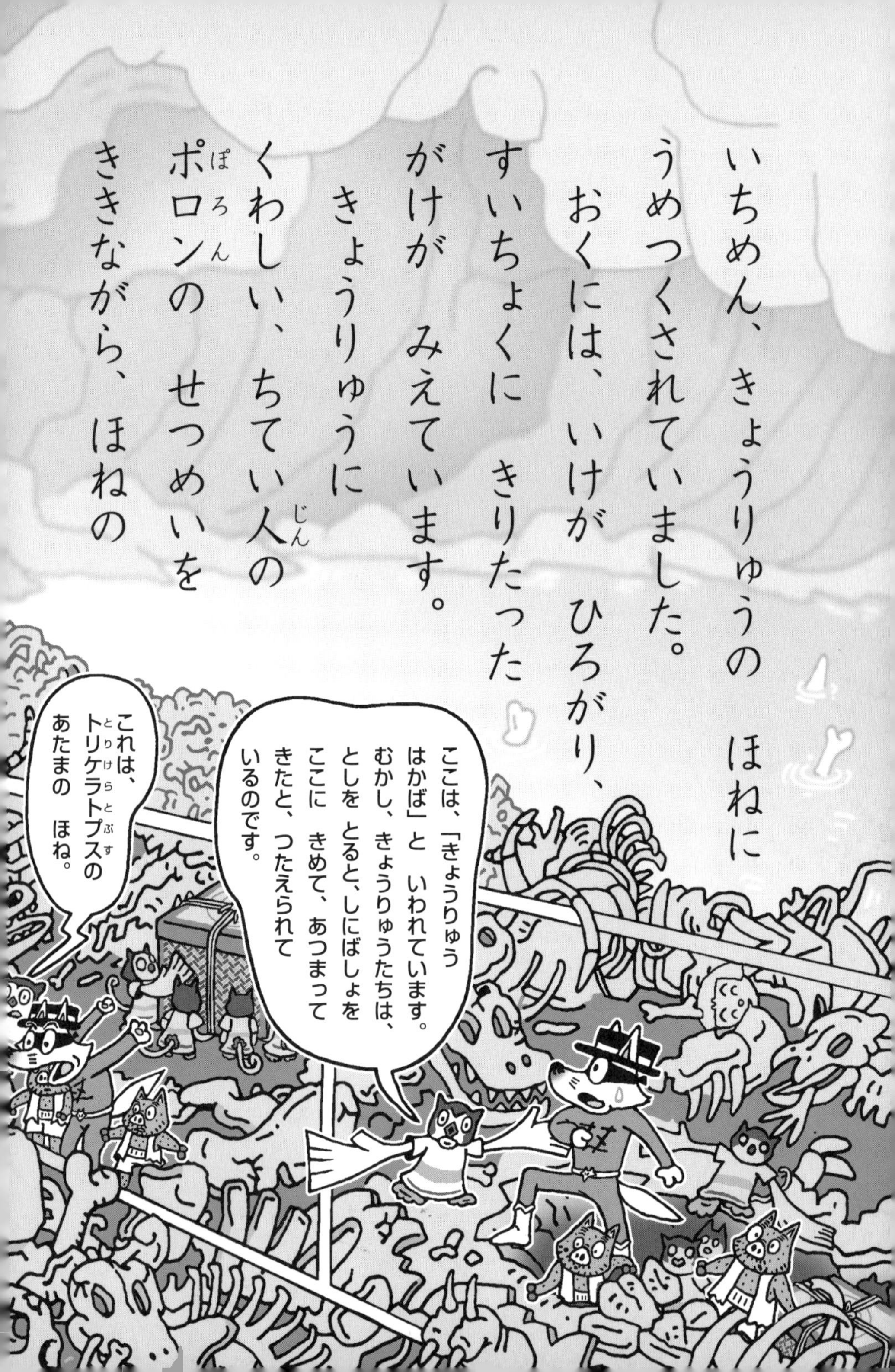

ここは、「きょうりゅうはかば」と いわれています。むかし、きょうりゅうたちは、としを とると、しにばしょを ここに きめて、あつまって きたと、つたえられて いるのです。

これは、トリケラトプスの あたまの ほね。

山をのりこえていくと、
がけに たどり
つきました。
すると、
ティラノサウルスね。
これが・・・しそちょう。

ちてい人たちは、さきほど ヒアリを
たべるのに つかった したを、ペタリ
ペタリと がけに はりつけながら、
なんなく 上へ のぼっていきます。

ペタ
ペタ
ペタ
ペタ

そして、上に ある どうくつへ
たどりつくと、いいました。

さあ、ゾロリさんたち、ここを
くぐっていけば、ちかみちです。
はやく のぼってきてください。

そう いわれても、
ゾロリたちは、
ちてい人のような
べんりな したは
もっていません。

ゆびを　かける　ばしょも
ないほど、つるつるの　がけは、
どんなに　がんばっても、
のぼれる　気が　しないのです。

「なあ、ほかの　みちは、ないのかい？」

ゾロリが　なさけない　声で　いいました。
すると、上から、「きょうりゅうはかば」を
ながめていた　ポロンが　つぶやきました。

「よし、すべて　そろっている。
あれを　つくろう。」

ポロンは、なにやら
ひらめいたようです。

ちてい人たちは、ぜんいんで
ゾロリたちが いる 「きょうりゅう
はかば」まで おりてくると、
きょうりゅうの ほねを
ひろいはじめました。
つぎに、みんなで その
ほねを、がけの 下へ
もちより、ポロンの しじで
くみたてはじめたのです。

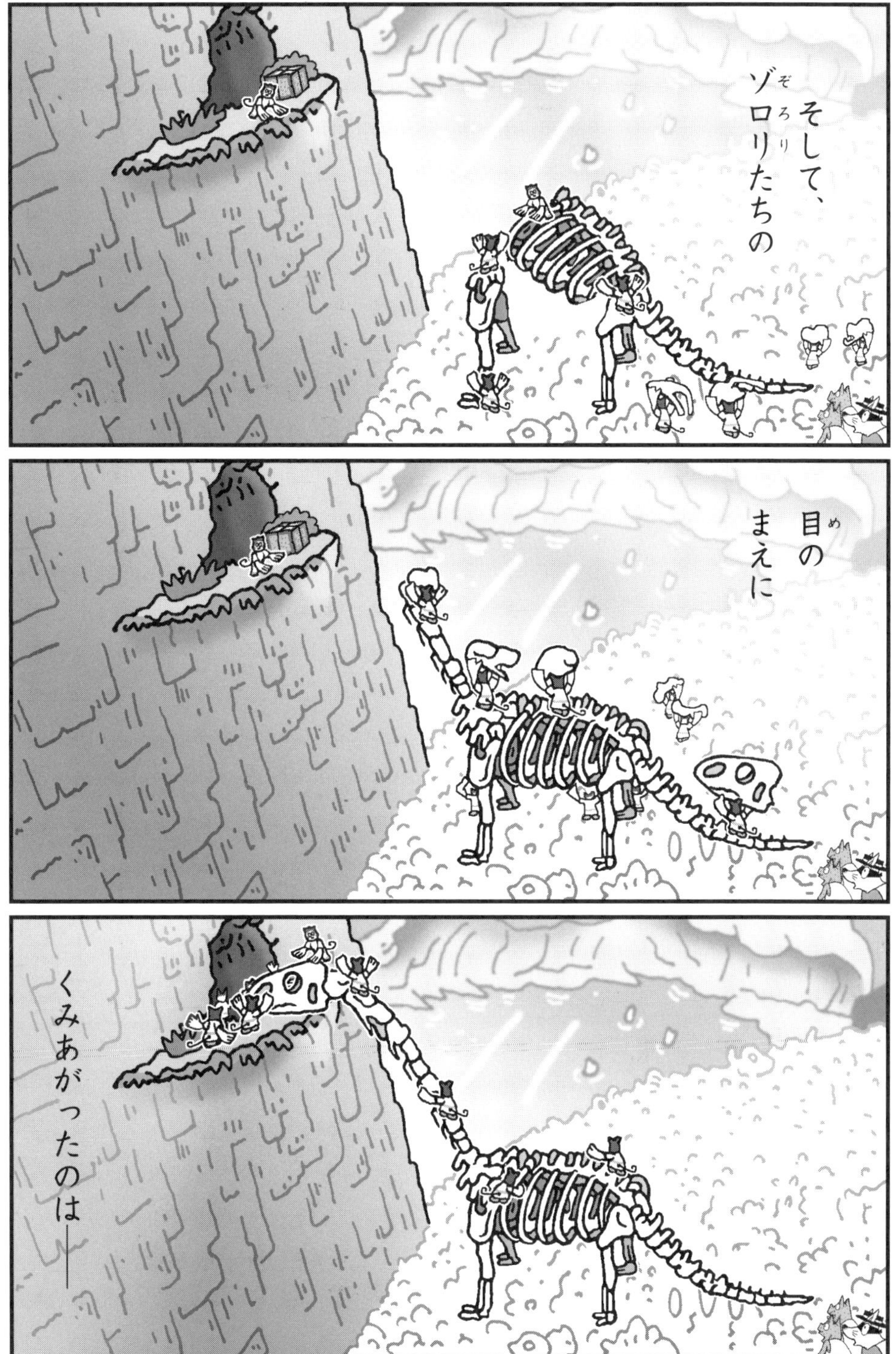
そして、ゾロリたちの
目のまえに
くみあがったのは——

みごとな　ブラキオサウルスの　こっかくです。
みると、なんと　その　あたまの　さきは、ぴったり
がけ上の　どうくつに　とどいているでは　ありませんか。

「さあ、ゾロリさん。これなら　のぼれますよね。」
ポロンが　いうと、
「おう、みごとじゃないか。」
ゾロリたちは、その　ほねを　しっぽから
せぼねへ、せぼねから　首へ、首から
あたまへと、のぼっていきます。

そして、
あたまの ほねから
どうくつへ、
とびおりようと
した ときです。

ゾロリは、どうくつの
てんじょうから
かおを だしていた、
いがいな じんぶつと
目が あいました。

なんと、それは　グラモでした。
グラモは、せかいてきな　大どろぼう。
ゾロリにとっては、ライバルの　ひとりなのです。

「どうして、こんな　ところに　いるんだ？」

「おおい、ぼくは
モグラだよ。地下は　ぼくたちの
テリトリーさ。その　しつもんは、
こっちが　したいね。」

「まあ、いろいろ　あって、ちてい　ふかくから、

グラモのことを
くわしく　しりたいひとは、

- 「めいたんていとうじょう」
- 「大どろぼう」
- 「きょうふのちょうとっきゅう」
- 「おいしい金メダル」

などを　よんでみてね。

やっと　ここに　たどりついたのさ。ところで、
地上までは、まだ　とおいんだろうね？」
ゾロリは、おそるおそる　きいてみました。
「いや、この　どうくつの　おくへ　いってごらん。
もう　そこから、空が　みえるよ。」
グラモの　こたえに、
「なんだって!!」
ゾロリたちは、いそいで
たしかめに　いきます。

そこは　ひろい
しょうにゅうどうで、
かおを　あげると、
青空が
みえました。

ゾロリたちが　じまんげに
ふりむくと、　ついてきた
ちてい人たちは、　なぜか　日かげに
みを　かくし、「大きな　つづら」の
うしろで、　目を　とじて
たおれています。

ちてい人だって!?
ああ。とちゅうで　しりあった　ちてい人だ。ぜひ　地上の　すばらしさを　みてもらい、こっちで　くらさないかと　ていあんしているのさ。
よけいな　おせっかいを!

グラモは、あたまを　かかえました。

パシャ
パシャ
パシャ
よく　きいてくれよ、ゾロリくん。
地下に　すむ　ぼくたち　だって、この
サングラスを　して、日の　光の
まぶしさに　やっと　たえているんだ。
まして、ふかい　ちていで　くらしてきた
ひとが、いきなり　日の　光を　あびたら、
どうなると　おもう？
目の　まえで、ずーっと　フラッシュを
たかれつづけられる
くらい、まぶしいんだよ。
ちてい人にとって、
くらしやすい　ばしょは、
ちていしか　ないんだ。
きみに　やさしさが
あるのなら、いっこくも
はやく、かれらを　ちていへ
かえらせてあげるんだな。

これを　きいた　ゾロリは、
いそいで　ちてい人たちを、光の
あたらない　どうくつの　おくへ
つれもどすと、つらい　めに　あわせて
しまった　ことを　わびて、
おわかれを　しました。

ゾロリたちが、
しょうにゅうどうに
もどってみると――。

グラモが、「大きな つづら」の
上で、ニヤニヤ しながら
すわっていました。

モケケケ。青空が みえて
いると いっても、この 上には
まだまだ、けわしい いわばが
まちうけているよ。だいじそうに
はこんでもらった、この
「つづら」の 中みは、おたからかい?
ここから、きみたちだけで はこべるかなあ。
そこで そうだんだ。
わけまえを くれれば、
きみたち 三にんと この
「つづら」、ゴンドラで
ひきあげてやろうじゃ
ないか。
でもねえ、なかまを
あつめたり、きかいを ようい
しなきゃならないからね。
「つづら」の 中みの
3ぶんの2は いただかないと、
わりに あわないかな。モケケケケ。

いわれるとおり、「大きな　つづら」を、三にんで　上にもってあがれる　じしんは　ありません。ちていで　とった　ほうせきを、すべて　あきらめたことが、ゾロリの　あたまに　よみがえってきました。

ここは、くやしいけれど、すべてなくなるより、まだ　ましです。

それより、いっこくも　はやく、地上にもどりたい　気もちのほうが　つよかったので、グラモとの　こうしょうは、せいりつです。

ゾロリたちは、「つづら」と　ともに、はりだした　大きなしょうにゅう石の　上に　のり、グラモが　おろしてくれるゴンドラを　まちました。

おもいおこせば、ここまで　たいへんなみちのりでした。

青空の　もと、地上の　空気を　すって、風を　かんじ、じめんをふみしめながら、いつものたびを　つづけたいと、三にんは、どれだけねがった　ことでしょう。

そして――、

とうとう、グラモの
ゴンドラが
おりてきました。

　これに　のれば、
すぐに　地上へ
もどれるのです。
ゴンドラは、
ゾロリたちにとって、
のぞみを　かなえてくれる、
天からの　おくりもののようでした。

　いよいよ　地上に
でられると、ゾロリたちが
ゴンドラに
手を　のばすと――。

グラグラグラ
あたりが、大きく　ゆれました。
とうとう、ちていの　マグマが、ばくはつ
したのでしょうか？
なんと、その　ゆれで、ゾロリたちが　のった
しょうにゅう石に　ひびが　はいり、がけから
パキンと　きりはなされてしまいました。

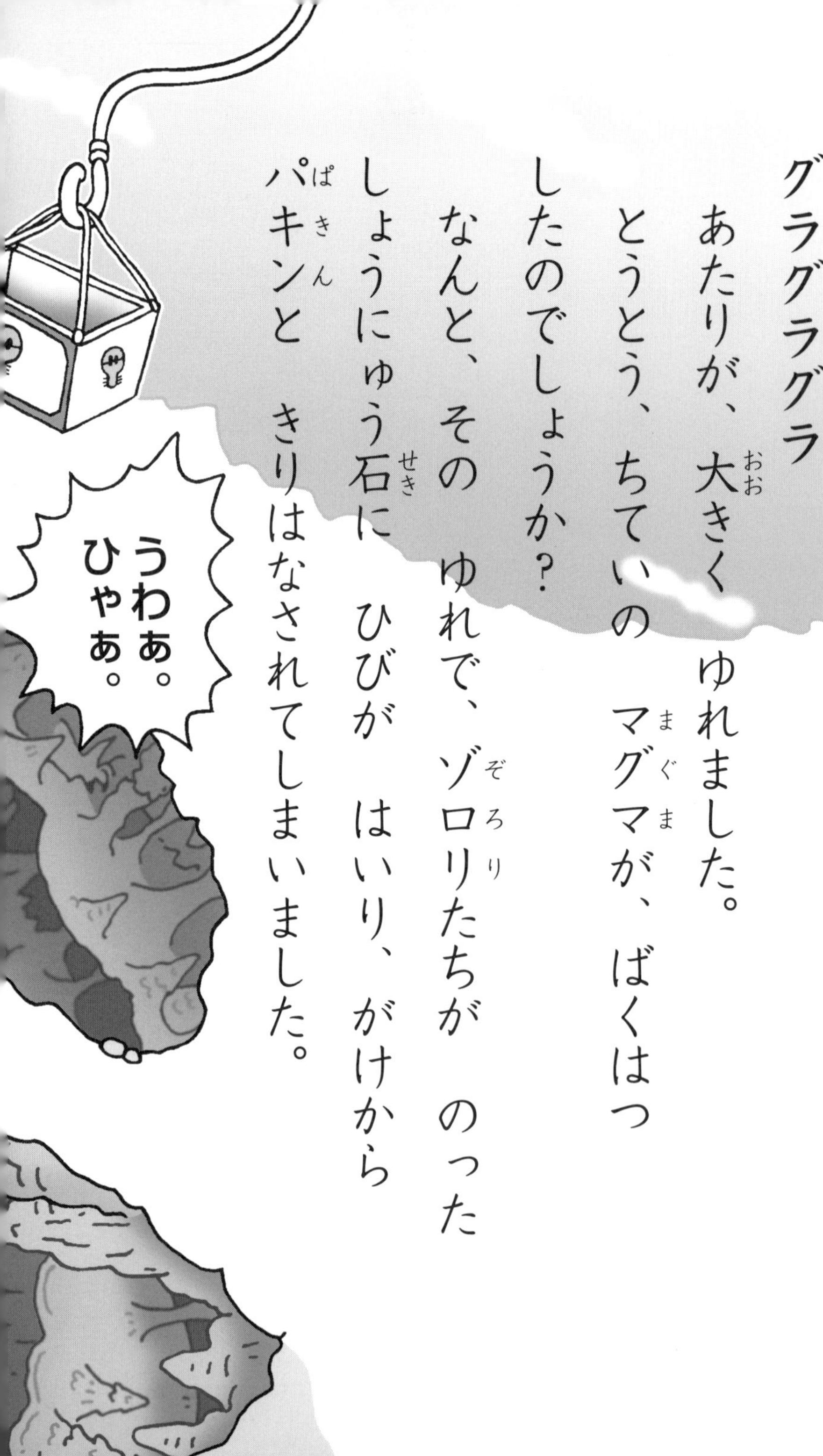

ゾロリたちを
のせたまま、
きょ大な
しょうにゅう
石は、
パックリ
口を　あけた
あなの　中へ　すいこまれる
ように　おちていきます。

ゾロリたちは、しょうにゅう石から
おちないように しがみついているのが
せいいっぱいでした。
そして、とうとう——。

するどく　とがった　しょうにゅう石は、
おちていく　さきに　ある　いわを　つぎつぎと
つきくずし、ロープの　きれた　エレベーターの
ように　いきおいよく　おちていきます。

しょうにゅう石(せき)は、
はりだした さいごの いわを
つらぬくと、ちていに
つきささり、とまったのです。
ゾロリ(ぞろり)たちは、その
しょうげきで
ふりおとされ、

いやと
いうほど、
じめんに
たたきつけられました。
「イテテテテ。」
かおを　あげた　イシシと
ノシシの　目の　まえに
たっていたのは、なんと、

じぶんたちが　ちていに
きた　きねんに
つくりあげた、
三にんの
オブジェ
でした。

あんなに　くろうして　がけを
のぼり、あと　すこしで　地上に
たどりつける　ところだったのに、

いっしゅんで もとの ひろばに
もどらされて しまったのです。
いや、それだけでは
ありません。

いわの あいだから、
ゾロリたちが のってきた
せんすいていも みえます。
そして、それが
大もんだいでした——。

せんすいていの
まわりの　いわに、
大きな　ひびが
はいり、
ピキッ
バツバツ
海水が
すこしずつ
しみだして
きています。
このまま
ひびが
ひろがれば、
大きな
あなが　あき、
たいりょうの
海水が
どどっ
ながれこんで
くるのは、じかんの
もんだいです。
そうなれば……。

この　あたりだけでは
なく、おせわに　なった
ちてい人たちの　村も、
いっきに　のみこまれて
しまうに　ちがい
ありません。

これも　すべて、
ちていに
せんすいていを
つっこませてしまった、
ゾロリたちの
せきにんです。

ひびわれが　あなに
なる　まえに、
ふさいでしまう
ほうほうは
ないで
しょうか？

と、そのとき
ゾロリは——、

にえたぎる
マグマを
みた　ことを
おもいだしました。
たしか、ほうせきを
ひろいに　はいった——

この　よこあなの
はずです。
のぞきこむと、
おくから　あふれでた
マグマは、　こちらに
ゆっくりと
ながれてきて
いるでは
ありませんか。
どろ
どろ
どろ
これだ!!
海水が
ながれこんで
くる　まえに、
あの　マグマを、
ここに
ながしこめば、
ひびに　ふたが
できるはずさ。
ピキ
ピキ
ピキ
ピキ
ピキ
えっ。
でも、
せんすいていの
まわりの　ひびは、
どんどん　ひろがり、
いまにも
くずれそうです。

たいりょうの　海水が　マグマより　さきに
ながれこんできたら、もう　くいとめられません。
マグマを　もっと　はやく、この　ひろばに
ながしこむには、どうしたら　いいのでしょう。

「ええい。もう、かんがえている
よゆうは　ないぜ。
イシシ、ノシシ、
いつもの　さくせんだ!!」

ゾロリは　さけぶと、

マグマに　つうじる　よこあなの
まえに、「大きな　つづら」を
おきました。
そして、「つづら」の　かたひも
一本ずつに、イシシと　ノシシを
つかまらせて　いいました。
地下ひろば
ぜんたいず
しょうにゅう石
オブジェ
マグマへの
よこあな
つらぬいた
いわ
せんすいてい

いいか、
よこあなの
下めがけて
ふたりの　おならを
ぶつけ、
その　いりょくで
いわを
くずして　ひろげ、
ブバン
ガラ
ガラ
ガラ
ガラ
ガラ
ガラ
ガラ
マグマを
いっきに
ひろばに
ながしこもうと
いう　さくせんさ。
どろ
どろ
どろ
どろ
どろ
ヒュー
イシシと　ノシシは、
ちていで　たらふく　いもを
ごちそうに　なったので、
おならの　じゅんびは
ばんたんです。
マグマが　ながれ
こんでくる　このあたりは
きけんだ。おならの
いきおいで　おれさま
たちが　めざす
さきは──。

しかし、
おならの しょうげきで、
せんすいていの まわりの
ひびが ひろがり、

大(おお)きく
あいた　あなから、
海水(かいすい)が　どっと　ながれ
こんできてしまいました。

三にんは、ちゃくちした
いわの　上から、いきを
のんで　みまもります。
ゾロリの　さくせんどおり、
おならで　つきくずされた
よこあなから、たいりょうの
マグマが
おしよせてきます。

しかし、
むかいがわからの
海水も、いきおいを
まして
ながれこんできます。
「マグマよ、たのむ。
うまく　あの　あなを
ふさいでくれ。」
ゾロリは、心から
いのりました。

にえたぎる　マグマと、つめたい
深海の　海水が、しょうにゅう石の
ま下で　ぶつかりあって、

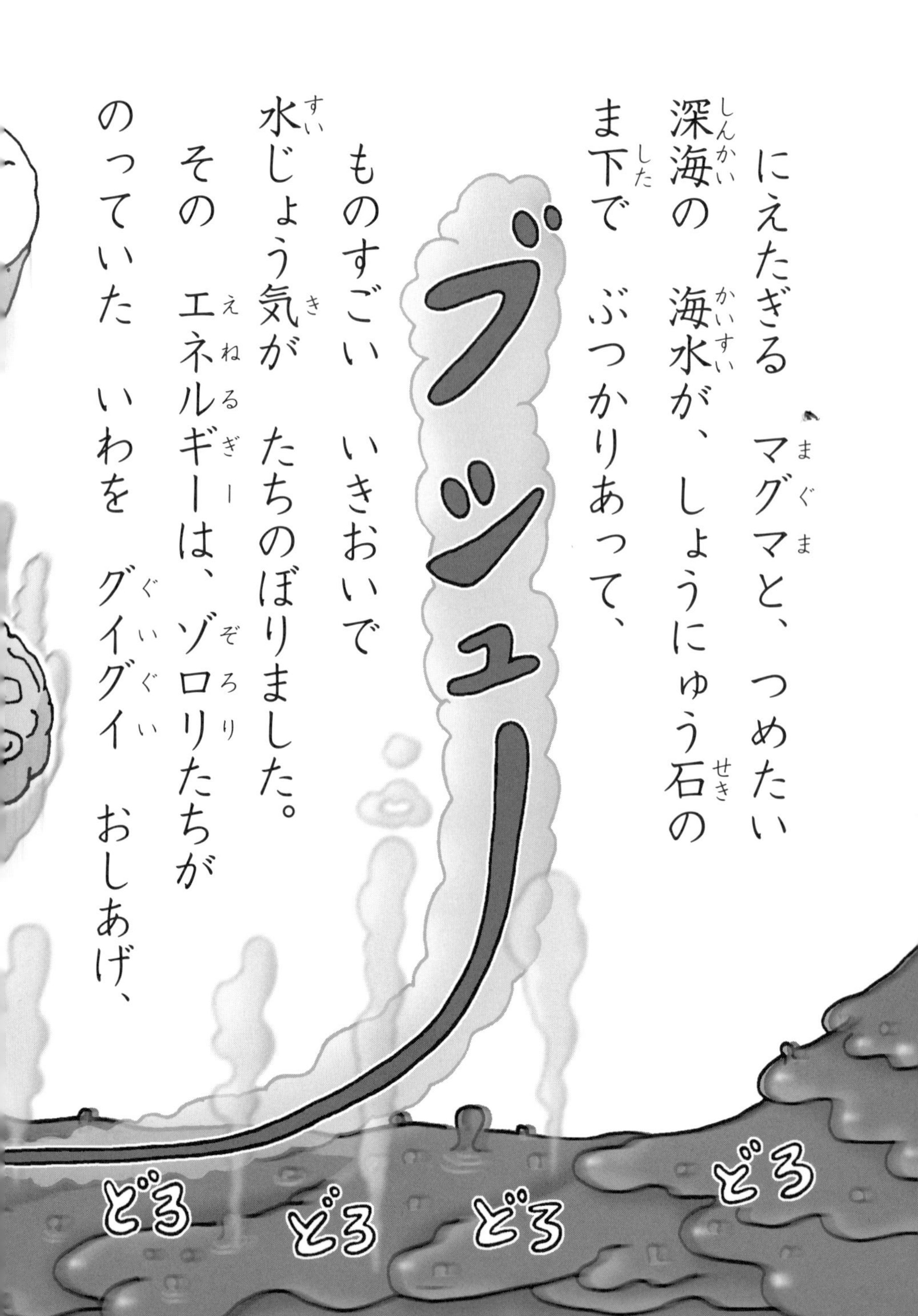

ものすごい　いきおいで
水じょう気が　たちのぼりました。
その　エネルギーは、ゾロリたちが
のっていた　いわを　グイグイ　おしあげ、

しょうにゅう石（せき）を
じめんから　ひきぬくと――

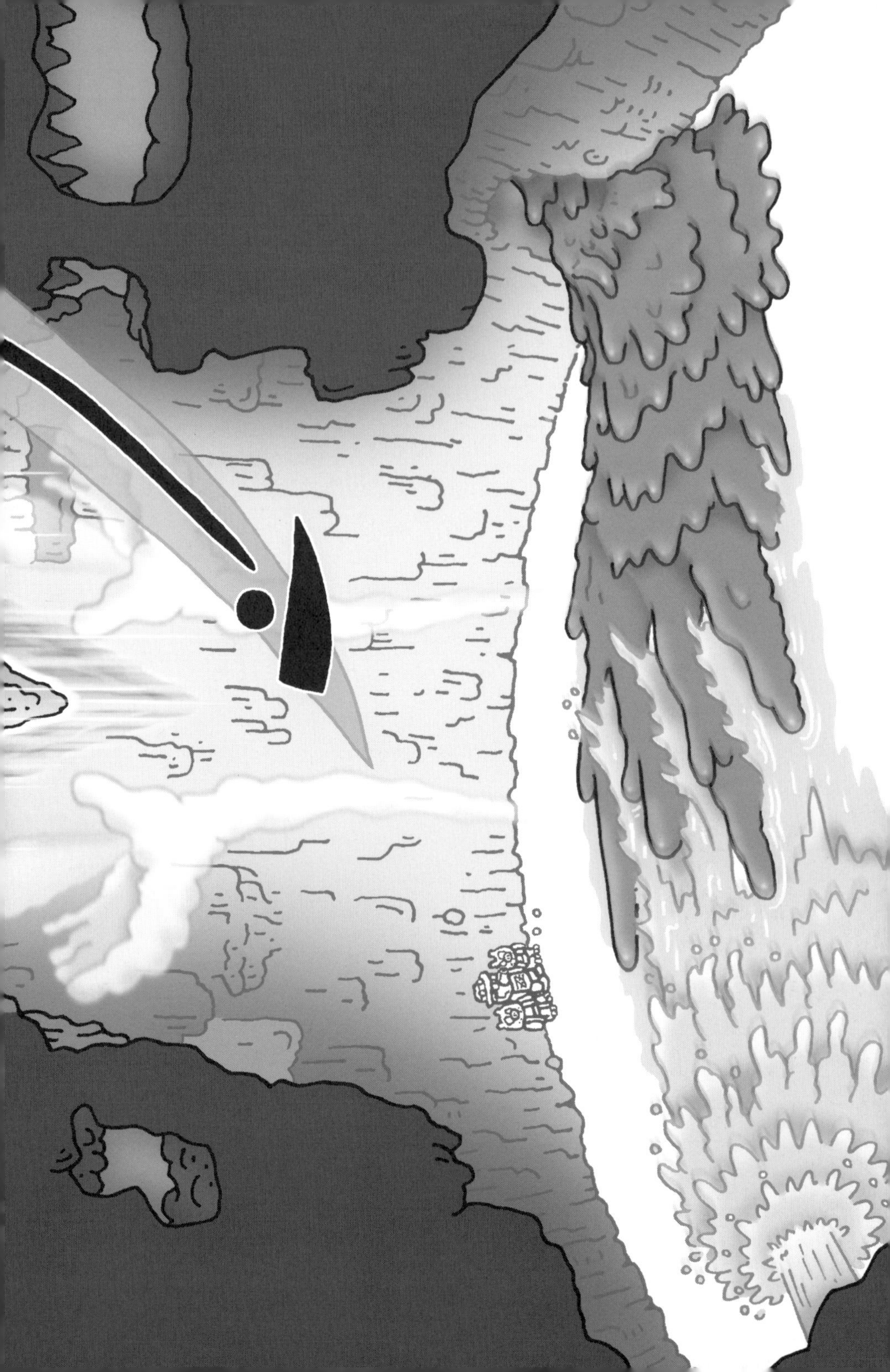

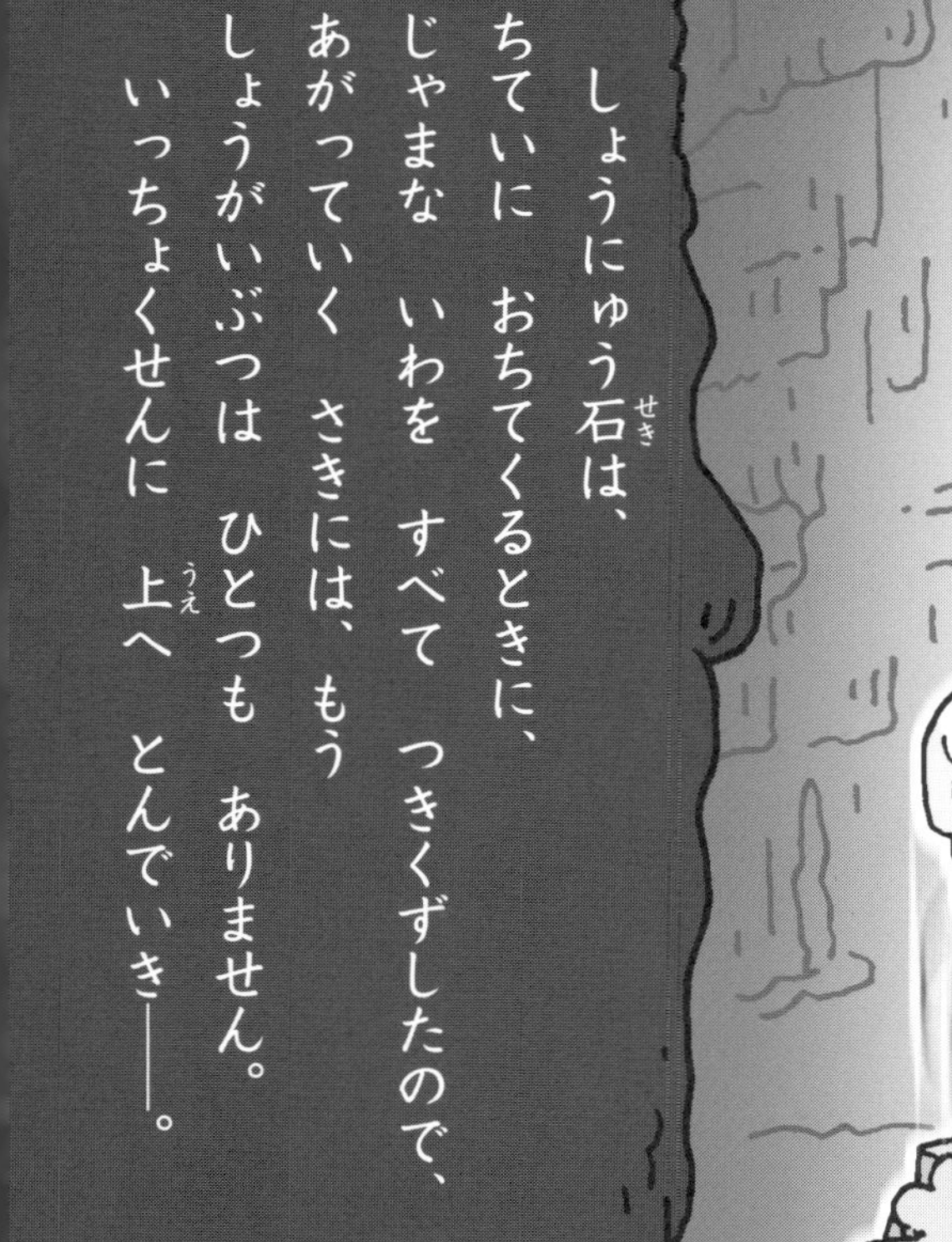

上へと　とびたたせたのです。
水じょう気の　いりょくは、
まるで　ジェットふんしゃの
ようでした。

しょうにゅう石は、
ちていに　おちてくるときに、
じゃまな　いわを　すべて　つきくずしたので、
あがっていく　さきには、もう
しょうがいぶつは　ひとつも　ありません。
いっちょくせんに　上へ　とんでいき――。

しょうにゅう石は、
ゾロリたちを　のせたまま、
あっと　いう　まに、
地上へ　とびだしました。

いっぽう、なかまを　ひきつれて、
地上で　まっていた　グラモは、
なかなか　ゾロリたちと　「つづら」が
ゴンドラで　あがってこないので、
イライラ　していました。

そこへ――。

とつぜん、
ゾロリたちが、
しょうにゅう石に　のって、
あらわれたので、カンカンです。

しょうにゅう石は、大きな
カーブを えがくと、山に
つきささりました。
ゾロリたちは、とうとう
ねんがんの 地上へ
もどって
こられたの
です。

イシシと
ノシシは、
大よろこび
でしたが、ゾロリは
まだ、ちていの ようすを
しんぱいしていました。

マグマは うまく あなを ふさいで くれたかな？
わー、ただいまだー。
ズズン

ここで、
どくしゃの
みなさんには、
おしらせして
おきましょう。
ゾロリの さくせんどおり、
マグマは せんすいていの あけた
あなへ ながれこみ、海水を
しっかり とめてくれました。

ゾロリたちが
まねいた
さいがい
だったとは いえ、
なんとか
ちていの 村を
まもる ことが
できたようです。
そのころ——

ゾロリと　イシシ、ノシシは、しょうにゅう石から
とびおり、地上に　もどってこられた　ことを
よろこびあっていました。
　しかし、なにより　うれしいのは、この　「大きな
つづら」を　ぶじに　もってかえれた　ことです。
ようかい学校の　先生が、ようちえんを　たてても、
おつりが　くるほどの　おたからが
つまっていると、たいこばんを
おした　「つづら」です。

まずは、コンビニのおにぎりをかいしめるだな。
おら、ありったけのメロンパンをひとりじめだよ。

三にんが、それぞれに　大きな　ゆめを　むねに、この「つづら」を　あけようと　した　ときです。

「ぼくが　よういした　ゴンドラ（ごんどら）を
つかわずに　とびだしてくるなんて、
しつれいじゃないか。じゅんび
するのも、ただじゃ
ないんだ。」
グラモ（ぐらも）が　なかまを　つれて、
もんくを　いいに　きました。
「わるかったよ。だけど、おれたちの
やりかたで、もどって

こられたんだ。
わけまえは
やれないな。でも、
きょうりょくには
かんしゃするぜ。
おれいに、ダイヤの
二、三こは　さしあげよう。」
えらそうに　そう　いうと、
ゾロリは、「大きな　つづら」を　あけました。

中から　とびだして　きたのは、なんと
ようかいの　しゅうだんでした。
よく　みれば、「つづら」を　とりに
いこうと、さそいに　きた
ようかいたちでは
ありませんか。

しかも、
「『大きな
つづら』に
ようかいが　はいって
いるなんて、大むかしの
めいしんだ」と　りきせつしていた
ようかい学校の　先生まで　います。
「ど、どういう　ことだ!!」
ゾロリの　いかりは、大ばくはつ。

まあ、きいてください、ゾロリせんせ。わたしは、うそは ついていません。はじめ、この「大きな つづら」には、ギッシリ おたからが つまって いたんです。しんじてください。
ようかい学校の 先生が、せつめいを はじめました。
①
ゾロリせんせと わかれた あと、ちてい おくふかくで、やっと みつけた、「大きな つづら」と「小さな つづら」。まよいも せずに、「大きな つづら」を もちかえろうと すると、わらわら あらわれた ちてい人に、「どろぼう」よばわり され、
まちがいなく、どろぼうだよ

②
つかまって
しまいました。
ちてい人たちは、
「大きな　つづら」から
おたからを　すべて
とりだすと、
かわりに
わたしたちを
とじこめたのです。
③
そうこの　おくに
おしこめられた「つづら」の
中で、わたしたちは
もう　一生　そとに
でられないと、なげき
かなしんでいました。
そんな　とき、たすけだして
くださったのが、
ゾロリせんせ
だったなんて。

ようかいたちは、ゾロリの まわりに
かけより、かんしゃの
あらしです。
これでは、ゾロリも
おこる ことが
できません。

わかった
わかった。
まあ、けっかは、
きみたちを たすけ
られて、ハッピー
エンドに なったぜ。

ゾロリせんせは、
われらの
かみです。

うわーん。
ありがとう
ございます。

そんけいして
おりますです。

ゾロリ
せんせは
りっぱな
おかたです。

あーあ。やっぱり
おにぎりも
メロンパンも ゆめに
おわっただね。

でも、たすけ
ださなかったら、
ようかい学校の
先生に、にどと
あえなくなってただよ。
それも、さみしいだ。

たまてばこに
しろ、
「つづら」にしろ、
むかしばなしに、
うそは　なかったって
ことみたいだな。
いきてりゃ、
いつか　たからを
ほりあてる　ことも
あるだろう。
おれさまは、
そう　しんじるね。
いつも　こまって
いる　とき、たすけて
くださいます。
モケッ。　たからなんか、
なかったじゃないか。
「ほねおりぞんの
くたびれもうけ」だ。
ゾロリの　やつに
だまされた。こんど　あったら、
かならず　しかえししてやる。
おぼえていろよ!!
どこまでも、
ついていきます。

ゾロリたちは、光を
あびて　じめんを
ふみしめられるのが、
こんなに　しあわせだと
かんじた　ことは、
ありませんでした。
　これからの　たびの
一ぽ　一ぽを、たいせつに
する　ことでしょう。

原ゆたか先生のホームページ
www.zorori.com

●著者紹介
原ゆたか（はらゆたか）
一九五三年、熊本県に生まれる。七四年KFSコンテスト・講談社児童図書部門賞受賞。主な作品に、「ちいさなもり」「プカプカチョコレー島」シリーズ、「よわむしおばけ」シリーズ、「ほうれんそうマン」シリーズ、「かいけつゾロリ」シリーズ、「サンタクロース一年生」「イシシとノシシのスッポコペッポコへんてこ話」シリーズ、「ザックのふしぎたいけんノート」シリーズ、「にんじゃざむらいガムチョコバナナ」シリーズなどがある。

かいけつゾロリシリーズ62
かいけつゾロリのちていたんけん
二〇一七年 十一月 第1刷

著　者　原ゆたか
協　力　原　京子
発行者　長谷川 均
編　集　浪崎裕代・加藤裕樹・小村一樹
デザイン　斎藤伸二
発行所　株式会社 **ポプラ社**
東京都新宿区大京町22—1 〒一六〇‐八五六五
TEL ○三—三三五七—二二一六（編集）
○三—三三五七—二二一二（営業）
振替 ○○一四○—三—一四九二七一
印刷・製本 凸版印刷株式会社

このお話の主人公かいけつゾロリは「ほうれんそうマン」シリーズの著者みづしま志穂氏の御諒解のもとにおなじキャラクターで新たに原ゆたか氏が創作したものです。

落丁本・乱丁本は送料小社負担にてお取り替えいたします。
小社製作部宛にご連絡下さい。電話 0120-666-553
受付時間は月～金曜日、9：00 ～ 17：00（祝祭日は除く）
みなさんのおたよりをお待ちしております。おたよりは出版局から著者へおわたしいたします。
ISBN978-4-591-15619-3 N.D.C.913 103p 22cm
インターネットホームページ www.poplar.co.jp

ニュース

ちてい人たちの　あいだでは、ゾロリたちが
どうして　たからの　いっぱい　つまった
「小さな　つづら」では　なく、ようかいを
とじこめた　「大きな　つづら」を　ほしがった
のかが　わだいに　なっています。

きっと、地上で　「おばけやしき」を
つくりたかったのでは　ないかと
うわさ　されているそうです。

はくぶつかんには、ぜんしんが
そろっていないにも　かかわらず、
二おくえんいじょう　する
きょうりゅうの　ほねが　あります。
と　いう　ことは――。

ちてい人たちが　くみたてた、あの
ブラキオサウルスの　ほねは　かんぜん
だったので、きっと　四おくえんいじょうの
かちが　あるだろうと　いわれています。